JUNTOS POR SIEMPRE

La historia acerca del mago
que no quería estar solo

Michael Laitman

LAITMAN
KABBALAH
PUBLISHERS

JUNTOS POR SIEMPRE

La historia acerca del mago que no quería estar solo

www.kabbalah.info/es
www.kab.tv/spa
www.laitman.es
www.kabbalahlearningcenter.info/es
www.kabbalahbooks.info
Correo electrónico: spanish@kabbalah.info

Impreso en Israel

Traducción: Gloria Cantú
Revisión: Norma Livne
Diseño: Rami Yaniv, Baruj Khovov
Ilustaciones: Tzezar Orshanski
Supervisión: Lev Volovik
Producción: Uri Laitman, Norma Livne
Editor Ejecutivo: Chaim Ratz

ISBN: 978-1-897448-48-9

PRIMERA EDICIÓN: OCTUBRE 2010

Primera impresión

¿Saben ustedes por qué los abuelos son insuperables contando leyendas? ¡Porque las leyendas son la sabiduría misma de la Tierra! Todo cambia en nuestro mundo, pero las verdaderas leyendas permanecen.

Las leyendas contienen tanta sabiduría que, para contarlas, el narrador necesita ver cosas que a los demás les pasan desapercibidas. ¡Lleva mucho, mucho tiempo acumular tanta sabiduría, y es por eso que las personas mayores saben contarlas mejor que nadie!

Como está escrito en el gran y antiguo libro mágico, *El Libro del Zóhar,* "El anciano es alguien que ha adquirido sabiduría".

A los niños les encanta escuchar historias y leyendas,

pues abren su imaginación a ideas

y verdades nuevas y maravillosas.

Es probable que nunca hubieran comprendido esas ideas

sin antes haberlas escuchado a través de leyendas.

Y los niños que crecen

y continúan viendo lo que los demás

no pueden ver, van adquiriendo más y más sabiduría.

Estas personas siguen siendo niños,

"niños sabios", aún siendo adultos.

Esto es lo que *El Libro del Zóhar* nos enseña.

Había una vez
un gran mago,
bondadoso, generoso
y de buen corazón.

Pero, a diferencia de los otros
magos que aparecen en
las leyendas para niños,
este mago era tan bueno
que suspiraba por tener
a alguien con quien
compartir su corazón.

No tenía a nadie a quien amar, cuidar,
con quien jugar,
un compañero
en quien pensar.

Además,
anhelaba estar junto a alguien
que lo conociera y se ocupara de él...

porque es muy triste estar solo.
¿Y qué fue lo que hizo?

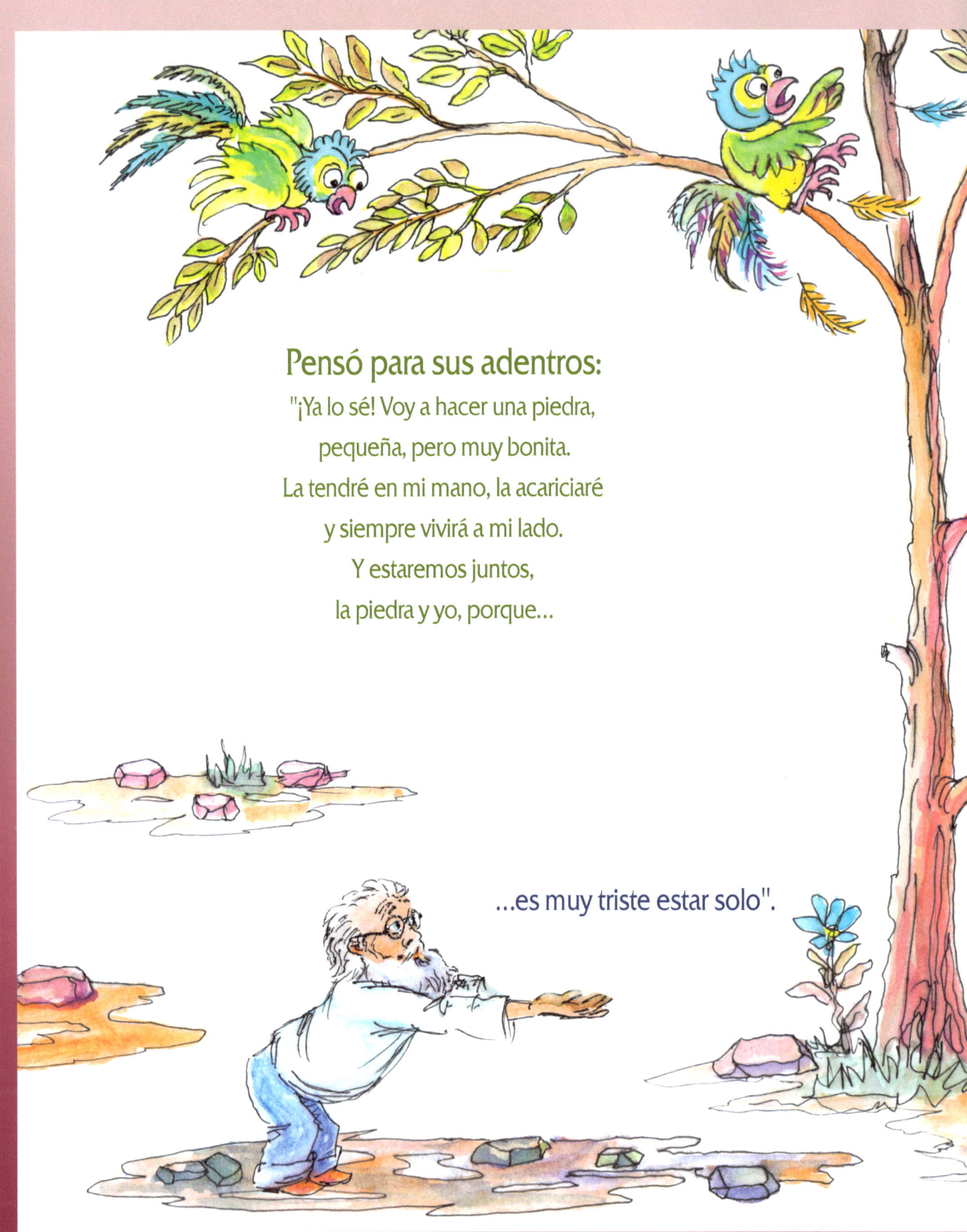

Pensó para sus adentros:

"¡Ya lo sé! Voy a hacer una piedra,
pequeña, pero muy bonita.
La tendré en mi mano, la acariciaré
y siempre vivirá a mi lado.
Y estaremos juntos,
la piedra y yo, porque...

...es muy triste estar solo".

Agitó su varita mágica y ¡CHACK!

Apareció una piedra pequeña en la mano del buen mago.

La acarició con ternura en la palma tibia de
su mano. Le habló dulcemente,
pero la piedra no respondía. Sólo se
quedaba allí, inmóvil y silenciosa.

Y lo peor de todo fue que no le
correspondió su amor.

Sin importar lo que hiciera,
la piedra no era amable,
ni siquiera reaccionaba.

El mago pensó: "¿Es esta la forma de tratar a un buen mago?
¿Por qué esta piedra al parecer tan gentil no responde?
¿Estará estropeada?
¿Tal vez debería hacer más piedras;
quizá sean más afables y correspondan a mi amistad?".

Así que el mago hizo más piedras...
y otras de mayor talla:
rocas, colinas, montañas, la Tierra
y hasta el universo entero.

Pero todas eran como la primera piedra:
no se movían,
no hablaban
y no respondían.

Y una vez más, el mago sintió
cuán triste es estar solo.

Sumergido en su tristeza, se preguntaba:

"¿Posiblemente debería hacer una planta?
¡Sí, una flor muy hermosa!

La regaré, tendrá mucho aire fresco,
haré que desciendan sobre ella los rayos del sol;
además, tocaré una música muy dulce.

La planta estará tan feliz
que, entonces, ambos seremos dichosos, porque...
es muy triste estar solo".

El buen mago agitó su varita mágica una vez más y ¡CHAC!

Apareció una flor justo al lado de su silla. Con sus pétalos rosados y sus delicadas hojas, la flor era justo lo que él había imaginado.

El mago estaba tan emocionado que empezó a saltar y a bailar a su alrededor, e interpretó las canciones más alegres que conocía. Pero la planta no bailaba con él; tampoco cantaba. Todo lo que hacía era crecer si la regaba y marchitarse cuando no lo hacía.

Eso estaba lejos de ser suficiente para este mago tan bondadoso que quería entregar su corazón y su alma a su amiga, la flor.

Una vez más, el mago se decía: "¿Es esta la forma de tratar a un buen mago? ¿Por qué esta hermosa flor no me corresponde? ¿Tal vez debería hacer más flores? ¿Quizá van a corresponder a mi amistad?".

Así, pues, el mago hizo toda clase de plantas: praderas coronadas de flores rojas, amarillas y azules, cañadas y bosques, extensas sabanas y espesas junglas. Pero, sin importar qué clase de planta creara, todas se comportaban como la primera flor.

Una vez más, el buen mago se encontraba solo y triste.

Dándose cuenta de que la situación requería de acciones drásticas, el mago se sentó en su roca mágica de pensar.

Pensó, pensó
y pensó,
y volvió a pensar un poco más,
hasta que tuvo una maravillosa idea.

Ya lo sé, dijo en voz alta:
"¡Haré un animal!
Pero... ¿qué tipo de animal?

¿Un **perro**, tal vez?

¡Sí, un perro!
Haré un cachorro muy simpático
que siempre estará conmigo.

Lo llevaré a pasear,
jugaré con él,
y cuando llegue de regreso
a mi castillo,
el perro va a saltar de felicidad
y a menear la cola
para saludarme".

¡Sí! El mago sonrió para sus
adentros, "el perro y yo seremos
muy felices juntos..."

**Porque
es muy triste
estar solo.**

Ilusionado, el mago agitó su varita mágica y ¡CHAC!

Un precioso cachorro
apareció en sus brazos,
justamente como lo había
imaginado.

El buen mago estaba encantado, alimentaba a su perro,
lo abrazaba, acariciaba el suave y rizado pelaje. Lo llevaba en
sus caminatas y hasta le daba baños de burbujas. Ciertamente
ese era el cachorro más consentido que jamás haya existido.

Pero pasado algún tiempo, el mago se dio cuenta de que
el amor del perro no era la clase de amor que deseaba.
Un perro sólo se sienta junto a su dueño y le obedece.

El mago estaba muy triste al ver que, incluso aquel cachorro
tan precioso que jugaba alegremente y lo seguía
a todas partes, no podía corresponderle toda la bondad
que él quería otorgarle.

Se dio cuenta de que no era éste el amigo que él buscaba.

No podía comprender los cuidados que el mago le prodigaba, como estar al pendiente de su alimentación y de todos los juegos que había inventado para retozar.

El perro no podía apreciarlo y era lo que el mago realmente necesitaba: un amigo que pudiera valorar su noble corazón.

Al igual que con la piedra y la flor, el mago hizo toda clase de animales,
insectos, peces, serpientes, monos, pájaros y osos.
Sin embargo, ni un solo animal podía comprenderlo
y ser el amigo que buscaba.

De nuevo, el mago se encontraba
muy triste y muy solo.

El mago volvió a sentarse sobre su roca de pensar
para decidir lo que tenía que hacer.
**Pensó, pensó
y pensó con más fuerza.**
Esta vez, elaboró un plan; se dio cuenta de que
un verdadero amigo sería alguien que lo buscaría,
que desearía encontrarlo tanto como él deseaba
hallar un amigo.

Después de pensarlo
un poco más, se dijo:
"Un amigo tiene que ser alguien como yo,
que pueda hacer lo que yo hago
y que sepa amar como yo amo.
Será la única forma de que me entienda.

Sin embargo, para que sea como yo,
tendrá que percibir y apreciar lo que le doy.
De esta manera, va a corresponder
a mi amor y hará por mí
lo que yo haga por él.

Así ambos seremos felices".

Durante tres días y tres noches,
el mago se sentó en su roca mágica
y reflexionó en su próxima creación.

Finalmente, ¡tuvo una idea brillante!
"¿Por qué no hacer un hombre?
¡Sí, qué gran idea!
¡Podría ser un verdadero amigo!
¡Podrá ser como yo!

Si lo hago tal como debe ser,
le gustará lo que a mí me guste,
y apreciará lo que yo le dé.
Va a necesitar un poco de ayuda,
y después seremos muy felices
y nunca más estaremos solos".

Sin embargo,
para alcanzar la felicidad
el mago sabía que
su amigo tendría
primero que sentir
lo que es estar solo,
sin un amigo.
En realidad,
tendría que saber
lo que es no tener
la amistad del mago.

Albergando nuevas esperanzas
en su corazón, el mago agitó su
varita mágica por cuarta y última vez y…

 ¡CHAC!

Esta vez, ocurrieron dos cosas:
creó un hombre, pero lo colocó
en una tierra muy, muy lejana.
Estaba tan alejada que el hombre
no sabía nada del mago.

Contemplaba las montañas, las
estrellas, los árboles, las flores, los
peces y los animales, pero no tenía
ni idea de que el mago lo había
hecho todo. ¡Ni siquiera estaba al
corriente de que hubiera un mago!

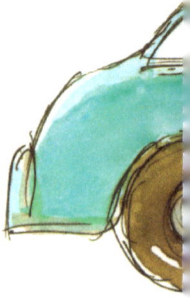

El mago no se detuvo ahí.
Hizo las computadoras, el fútbol,
el baloncesto y toda clase de juegos,
para que el hombre,
su nuevo amigo, se divirtiera.
Entretanto, el mago aún estaba solo
y muy triste, pues su amigo
no sabía nada de él.

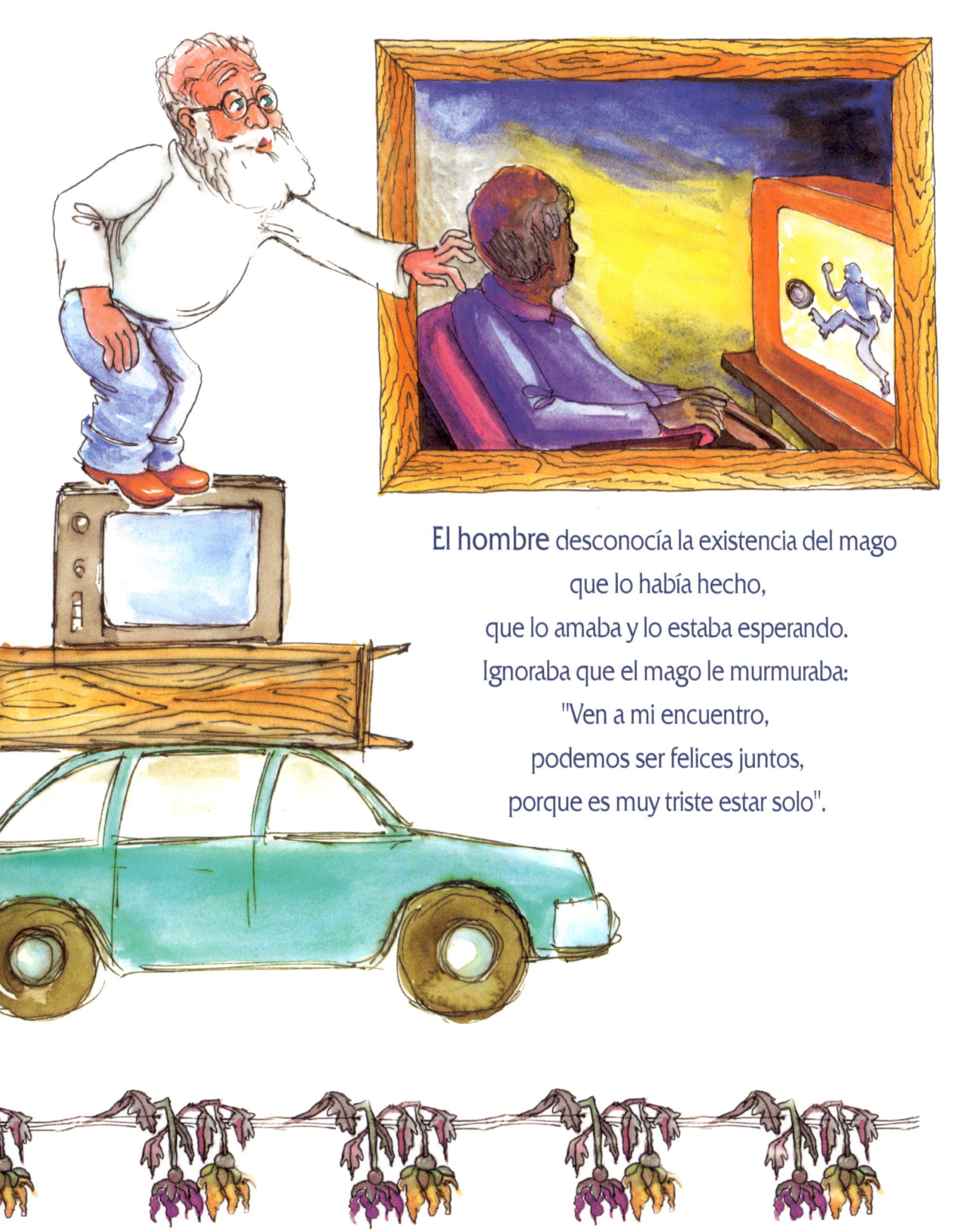

El hombre desconocía la existencia del mago
que lo había hecho,
que lo amaba y lo estaba esperando.
Ignoraba que el mago le murmuraba:
"Ven a mi encuentro,
podemos ser felices juntos,
porque es muy triste estar solo".

Pero, ¿por qué alguien que no
conoce al mago, que tiene una
computadora, el fútbol
y toda clase de diversiones
de pronto querría descubrirlo?
¿Cómo podría alguien
así conocerlo y amarlo?
¿Puede este hombre ser
el amigo verdadero
del mago y decirle:

"Ven mi buen mago,
ven junto a mí y seremos felices,
pues yo sé cuán triste es estar solo"?

El hombre únicamente conocía
lo que veía a su alrededor.
Quería tener todo
lo que los otros tenían,
hacer lo que los otros hacían y
hablar de lo que
los otros hablaban.
No sabía que allá, en algún lugar,
había un buen mago que estaba
triste por estar solo.

Bueno, nuestro mago es muy ingenioso;
tenía un plan en mente.
De hecho, lo tenía todo calculado
y sólo esperaba el momento propicio
para llevarlo a cabo.

En un día soleado,
llegó el momento oportuno:
el mago se puso de pie a gran distancia
y suavemente murmuró
directo al corazón
de su amigo: **¡CHAC!**

Tocó su corazón
con la varita mágica **¡CHAC!**
Y una vez más...

Una voz llamaba al corazón
del hombre.

24

Y cuando el mago agitó
una vez más su varita mágica,
el hombre empezó a pensar:
"¡Ah, existe un mago!
Hmmm... muy interesante,
me pregunto cómo será".

De pronto, al hombre se le ocurrió
que tal vez sería muy divertido
tener un mago en su vida,
que realmente sería mucho más feliz
si lo tuviera.

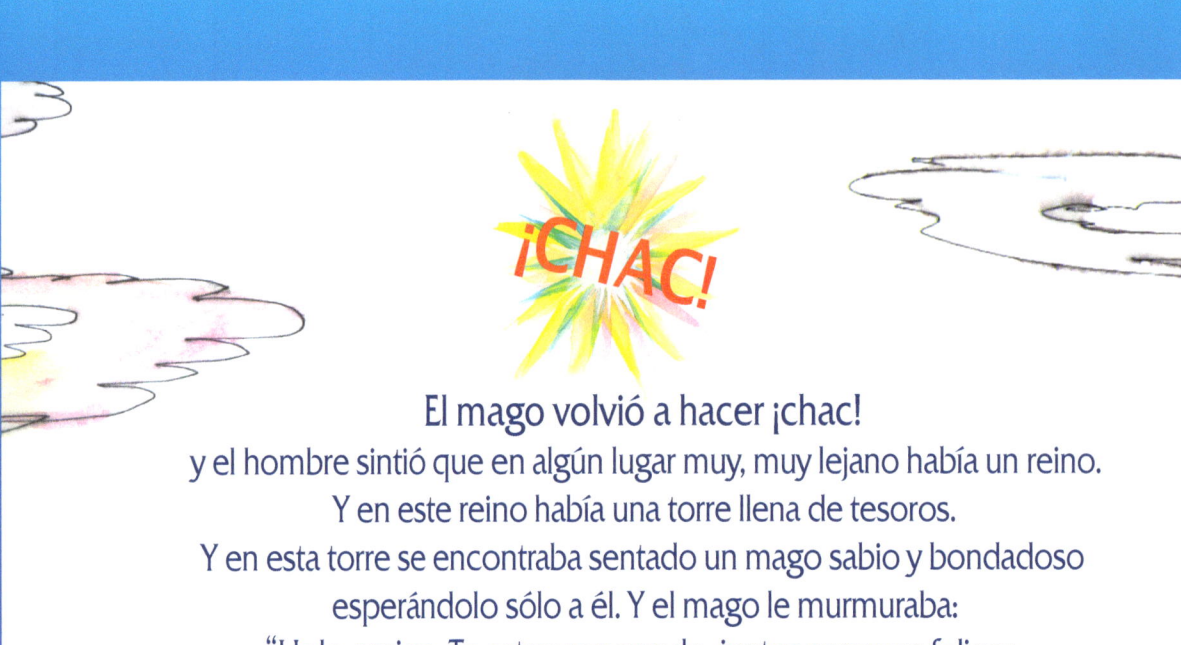

¡CHAC!

El mago volvió a hacer ¡chac!
y el hombre sintió que en algún lugar muy, muy lejano había un reino.
Y en este reino había una torre llena de tesoros.
Y en esta torre se encontraba sentado un mago sabio y bondadoso
esperándolo sólo a él. Y el mago le murmuraba:
"Hola, amigo. Te estoy esperando, juntos seremos felices
mientras que solos estaremos tristes".

Pero el hombre no sabía dónde encontrar
el reino y la torre. Ni siquiera sabía dónde buscarla.
Estaba triste y confundido; se preguntaba:

"¿Cómo voy a encontrar al mago?"

Entretanto, los golpecitos continuaban
tocando en su corazón.
¡CHAC!   ¡CHAC!

No podía dormir,
no podía comer y no podía
dejar de imaginar la gran torre.

Esto es lo que ocurre
cuando buscas algo
con mucha vehemencia,
pero no lo puedes encontrar.
Puedes sentirte muy triste
por estar solo.

Pero un ¡chac! no era
suficiente. Era algo
que el hombre tenía que
realizar por sí mismo.

Para que el hombre fuera tan sabio
como el mago, igual de poderoso
y con gran corazón, el mago tenía
que enseñarle a realizar los mismos
prodigios que él.

Para ayudarlo, el mago,
en secreto y con cuidado,
lo guió hasta un antiguo libro
mágico llamado *El Libro del Zóhar*.
Este libro le enseña al hombre
el camino que conduce a la gran
torre en ese reino lejano.

Siguiendo las instrucciones del
libro, el hombre se apresuró a ir en
busca de su amigo,
el mago. Quería decirle:
"¡Hola!
He venido para estar contigo,
sé que seremos felices
juntos".

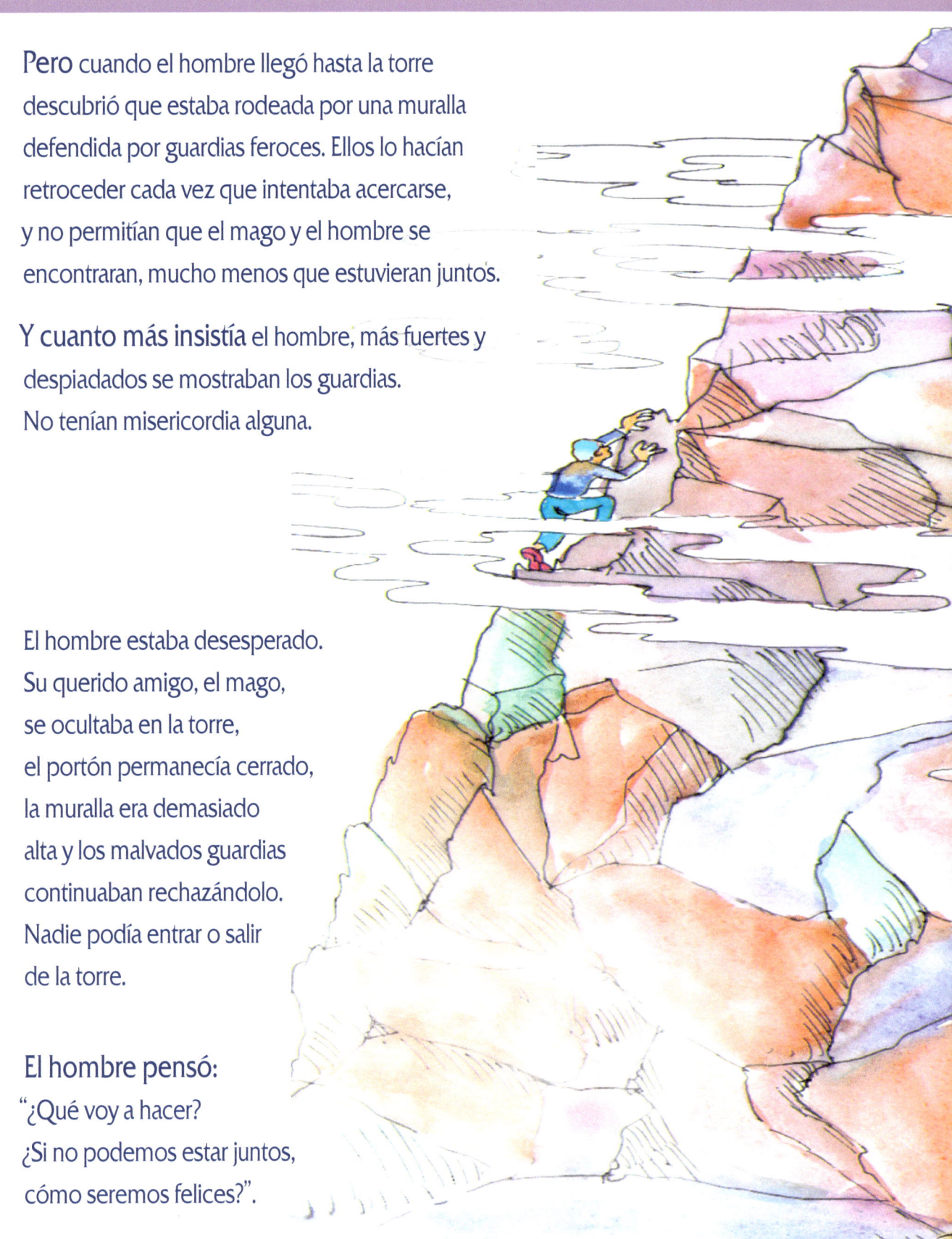

Pero cuando el hombre llegó hasta la torre
descubrió que estaba rodeada por una muralla
defendida por guardias feroces. Ellos lo hacían
retroceder cada vez que intentaba acercarse,
y no permitían que el mago y el hombre se
encontraran, mucho menos que estuvieran juntos.

Y cuanto más insistía el hombre, más fuertes y
despiadados se mostraban los guardias.
No tenían misericordia alguna.

El hombre estaba desesperado.
Su querido amigo, el mago,
se ocultaba en la torre,
el portón permanecía cerrado,
la muralla era demasiado
alta y los malvados guardias
continuaban rechazándolo.
Nadie podía entrar o salir
de la torre.

El hombre pensó:
"¿Qué voy a hacer?
¿Si no podemos estar juntos,
cómo seremos felices?".

Pero, cada vez que estaba a punto
de desfallecer, un pequeño ¡CHAC!
en el corazón
le devolvía la confianza,

y buscaba la manera
de pasar a los guardias
y atravesar la gran muralla.

Y si flaqueaba
y no sentía el
¡chac! en su corazón,
le reclamaba al mago:
"¿Por qué me llamas en vano?
¿Dónde estás?
¿No te das cuenta
que estoy solo?".

Sin embargo, cuando el hombre tiene paciencia
y supera las palizas de los guardias, se vuelve más fuerte,
más valiente y más sabio. En lugar de debilitarse,
aprende a hacer su propia magia, sus propias maravillas,
como sólo un mago puede hacerlo.
Y esto es justamente lo que hizo el hombre.

Al final, después de todo lo
que había pasado, no había
nada que el hombre
deseara más que estar
con su amigo el mago.
Todo lo que quería era ver a
su amigo, pues todavía se
sentía solo.

Justo cuando sintió que no podía soportar estar solo un minuto más,
el portón de la torre se abrió. Y, sí, el gran mago, su amigo bondadoso
y de buen corazón vino a su encuentro y le dijo:

"Ven, ven a mi lado, pues es tan triste estar solo".

A partir de ese día, han sido los mejores amigos, **siempre juntos.**
No hay felicidad mayor que la amistad.

El prodigio de su amor es eterno;

vive por siempre.

Y, están tan felices de estar juntos
que ni se acuerdan, aunque sea un poco,
de cuán triste era estar solo.

Así que, si alguna vez sientes un suave ¡CHAC! en lo profundo de tu corazón, sabrás que hay un mago bondadoso y sabio que te llama y quiere ser tu amigo.

Después de todo, es muy triste estar solo.

¡FIN!

INFORMACIÓN DE CONTACTO

Sitios Web

www.kabbalah.info/es
www.kab.tv/spa
www.laitman.es
www.kabbalahmedia.info
www.kabbalahbooks.info

Bnei Baruj
Instituto de Educación e Investigación de la Cabalá

Correo electrónico: spanish@kabbalah.info

Israel

P.O.Box 1552
Ramat Gan 52115, Israel
Teléfono: +972-3-9226723
Fax: +972-3-9226741

Canadá

1057 Steeles Avenue West, Suite 532
Toronto, ON, M2R 3X1
Canadá

Toll free: 1-866-LAITMAN
info@kabbalahbooks.info

www.ingramcontent.com/pod-product-compliance
Lightning Source LLC
Chambersburg PA
CBHW041004170626

46815CB00002B/148